Queridos amigos roedores,
bienvenidos al mundo de

Geronimo Stilton

LA REDACCIÓN
DE «EL ECO DEL ROEDOR»

1. Clarinda Tranchete
2. Dulcita Porciones
3. Ratonisa Rodorete
4. Soja Ratonucho
5. Quesita de la Sierra
6. Rati Ratónez
7. Moncho Ratoncho
8. Ratoneta Zarpeta
9. Pina Ratonel
10. Torcuato Revoltoso
11. Val Kashmir
12. Trampita Stilton
13. Cerealina de Músculis
14. Zapinia Zapeo
15. Merenguita Gingermouse
16. Ratina Cha Cha
17. Ratonerto Ratonoso
18. Ratibeto de Bufandis
19. Tea Stilton
20. Erratonila Total
21. Pinky Pick
22. Yaya Kashmir
23. Ratonila Von Draken
24. Tina Kashmir
25. Blasco Tabasco
26. Tofina Sakarina
27. Ratino Rateras
28. Larry Keys
29. Mac Mouse
30. Geronimo Stilton
31. Benjamín Stilton
32. Ratonauta Ratonítez
33. Ratola Ratonítez
34. Choco Ratina
35. Pequeño Tao
36. Baby Tao

GERONIMO STILTON
RATÓN INTELECTUAL,
DIRECTOR DE *EL ECO DEL ROEDOR*

TEA STILTON
AVENTURERA Y DECIDIDA,
ENVIADA ESPECIAL DE *EL ECO DEL ROEDO*

TRAMPITA STILTON
TRAVIESO Y BURLÓN,
PRIMO DE GERONIMO

BENJAMÍN STILTON
SIMPÁTICO Y AFECTUOSO,
SOBRINO DE GERONIMO

Geronimo Stilton

UN DISPARATADO VIAJE A RATIKISTÁN

DESTINO

Obra editada en colaboración con Editorial Planeta – España

Título original: *Un camper color formaggio*
Traducción: Manuel Manzano

Textos de Geronimo Stilton
Ilustraciones y portada de Larry Keys
Diseño gráfico de Merenguita Gingermouse

Primera edición impresa en España: septiembre de 2003
ISBN: 84-08-04910-0

Primera edición impresa en México: abril de 2009
ISBN: 978-607-07-0097-2

Impreso en los talleres de Litográfica Ingramex, S.A. de C.V.
Centeno núm. 162, colonia Granjas Esmeralda, México, D.F.
Impreso en México – *Printed in Mexico*

¡SEÑOR STILTON, TENGO QUE HABLAR CON USTED!

Aquella mañana llegué a la oficina de muy buen humor...

–¡*Pácatelas!* –exclamé, lanzando el sombrero al perchero.

–¡*Nuuóralesss!* –añadí, quitándome al vuelo la gabardina.

–¡*Ya vasss!* –concluí, agarrando de prisa una taza de café.

–¡Señor Stilton, *tengo que hablar* con usted! –exclamó mi secretaria intentando detenerme.

Yo tenía ya la pata en la manija de la puerta, y la *abrí...* y vi que en mi escritorio había alguien sentado.

TORCUATO
REVOLTOSO

Instalado en (**mi**) escritorio como si los hubieran construido juntos, apoltronado en (**mi**) sillón como si lo hubieran atornillado
al respaldo, agarrado a (**mi**)
COMPUTADORA, con una pata
pegada a (**mi**) teléfono y
la otra clavada en
(**mi**) agenda...
...había un ratón no
gordo sino más bien
grueso, con el
pelaje gris plata, las
cejas como matorrales
y unos lentecitos de
acero que le brillaban

sobre la punta del hocico. ¡Mi abuelo! ¡Era mi abuelo, Torcuato Revoltoso, mejor conocido como TANQUE, el fundador de la editorial!

–Ejem, abuelo... –grité–, ¿cómo van las cosas?

¿CÓMO QUIERES QUE VAYAN?

–¿Cómo quieres que vayan? –replicó él–. ¡Tengo cosas que hacer, estoy trabajando! –refunfuñó.

Después pegó la boca al teléfono y se puso a gritar (probablemente dejando sordo al desventurado del otro lado de la línea):

–Sí, muchacho, *tres*, ¡he dicho tres! ¡Tres, t-r-e-s! ¡Tres! ¡Treees! *¡T-r-e-s!* Tienes que imprimirme **3** millones de guías turísticas de Ratikistán, así que reacciona, ¡he dicho tres, tres, tres! *¡Treeeeeeeeeeeees!*

¡T de Te lo digo yo!

¡R de Rapidito y no te hagas el loco!

¡E de Estás bien lento!

¡S de Si no empiezas ahora mismo ya verás cómo te va conmigo!

Torcuato Revoltoso, mejor conocido como Tanque...

Acto seguido soltó una carcajada:

–Muchacho, destápate las orejas, ¿es que las tienes *llenas de queso*?

El pobrecito le respondió algo.

Y el abuelo gritoneó en la bocina como si quisiera devorarla:

–*¡NI EN SUEÑOS!* –Después aplastó la bocina contra el teléfono y refunfuñó–: *UFFF*, ya no hay impresores como los de antes.

Tragué saliva y dije con un hilito de voz:

–Abuelo, ¿qué haces aquí? Disculpa si me estoy entrometiendo, pero ¿qué vas a hacer con tres millones de guías turísticas de Ratikistán?

Él me ignoró y se puso a hojear unos papeles sobre (*mi*) escritorio, garabateando con (*mi*) pluma en (*mi*) agenda hasta que explotó:

–*¡Todo vale queso! ¡Hay que volver a empezar!*

En ese instante entró (*mi*) secretaria con un contrato (*para mí*).

Él gritó más fuerte aún (tanto que entre los incisivos le pude ver las amígdalas):

–*¡Ya valió queso! ¡Todo valió queso! ¡Hay que volver a empezar!*

Agarró el contrato, lo arrugó e hizo una bolita. Luego, con un brinco más felino que ratonil, saltó sobre el escritorio y con un pequeño **palo de golf** metió de un golpe la bolita de papel dentro del bote de basura.

–Soy bueno, ¿eh? –se rió, guiñándome un ojo.

(Mi) secretaria y yo lo miramos desconcertados.

–¡Crisis, hay crisis en el sector editorial! –vociferó.

–¡Abuelo, la editorial va *MUY BIEN*! –intenté protestar.

Arrugó el entrecejo, y aún se le descompuso más.

–*Ja, jaa, jaaa...* –rió con malicia–.

Nieto, no vengas a explicar**me** si hay o no hay crisis. Creo que si alguien lo sabe soy yo, ¿no? **YO** fundé la empresa...

Yo lo rebatí, exasperado:

–¡Abuelo, todo va bien! ¡Confía en mí!

El abuelo levantó el índice y lo **agitó** en el aire de derecha a izquierda, y luego de izquierda a derecha.

–*¡Ja, jaa, jaaa!* ¿Nieto, ves el dedo? **¡No, no** y **no!** ¡**No**, **no** y todavía más **no**! ¡No confío en nadie! ¡En nada ni en nadie! Así conseguí crear la empresa, **mi** empresa... (**mía**, no tuya) –concluyó, haciendo con la pata un gesto solemne.

–Pero abuelo –intenté que razonara–, ¡hace

veinte años que me dejaste dirigir la empresa!

Él agarró (mi) agenda y empezó a hojearla con gesto apresurado.

–¡Ya basta, nieto! ¡Tengo cosas que hacer! ¡Mira cuántas citas! –gritó.

–¡Pero abuelo! –protesté–, ¡esas son mis citas!

En ese instante sonó el teléfono.

RIIIINGGG
RIIIINGGG

Ambos nos lanzamos a responder, pero él fue **más** rápido.

–¿Con quién quiere hablar? ¿Con Geronimo Stilton? ¿Mi nietecito? Hable conmigo, soy su abuelo y desde hoy me ocupo yo de *esto*, sí, de la editorial –declaró contento.

Yo gruñí **RABIOSO**:

¡Abuelo!

¡Ya no soy tu nietecito!

–¿Por qué? ¿Cambiaste de abuelo? –se rió él. Después me lanzó una mirada de compasión:

–Pobre Geronimo, no es culpa tuya si no puedes seguirme. ¡Claro, tu **cerebrito** es como es! ¡Desgraciadamente, la genialidad no siempre es hereditaria!

PERO ¿ESTÁS SEGURO DE QUE ERES MI NIETO?

Yo le pregunté:

–Antes te escuché hablar de guías turísticas, pero no entendí bien...

Él sacudió la cabeza con gesto de indulgencia.

–¿No lo entendiste? No me sorprende...

Yo precisé, molesto:

–Quiero decir: no entiendo para qué sirve una guía turística de Ratikistán. No querrás imprimir *tres* millones de ejemplares, ¿verdad?

Él meneó la cabeza:

–Qué pena que no lo entiendas (pero ¿estás seguro de que eres mi nieto? No te pareces nada a mí, nada de nada). De todas maneras, no puedo pretender que todos sean tan despiertos como este servidor. ¡Despierta, reacciona, muchacho! –me incitó AGITANDO un mapa bajo mi hocico.

–¿Qué es eso? –tartamudeé sorprendido.

Él sonrió con malicia y me volvió a pasar el mapa por el hocico. Esta vez lo entendí: era un mapa de Ratikistán.

–¡Despierta, despierta, despiertaaaaaa, nieto! –gritó, y añadió con expresión de sabio–: Me di cuenta (¡es que soy un genio!) de que no existen guías turísticas de Ratikistán.

»¡Ah, Ratikistán! ¡Un lugar remoto que nadie conoce, un sitio donde aún no existe el turismo! ¡Piensa, nieto, cuántas guías podríamos vender! –Luego gritó a todo pulmón, haciéndome brincar –: ¡Tres millones de ejemplares! ¡¡¡Y pronostico una reedición tras otra!!!

Yo le repliqué desconcertado:

–Abuelo, no existen guías turísticas de Ra-tikistán porque la temperatura es de **cuarenta grados bajo cero**. Nadie va a Ratikistán, nadie, ni siquiera los pingüinos (que, de hecho, están en el Polo Sur)...

¡QUESITA MÍA!

En aquel instante se abrió la puerta del despacho y entró mi hermana, **Tea Stilton**, la enviada especial del PERIÓDICO. ¿La conocen? ¿Nooo? ¡Suertudos que son!

Se las describiría, si fuese posible describirla, pero, pobre de mí, temo que las palabras no sean suficientes. **Tea** vio al abuelo y exclamó:

–¡Abuelo! ¡Abuelito mío!

Él en seguida exclamó a su vez, con lágrimas en los ojos:

–¡Tea! ¡Teíta! ¡Nietecita! ¡*QUESITA MÍA*! ¡Sangre de mi sangre! ¡Harina de mi costal! ¡Mi quesito de bola! El único consuelo de mi vida (no como mis otros nietos).

Ella sonrió dulcemente y

hacia el abuelo.

revoloteó revoloteó revoloteó revoloteó

Él me la señaló con orgullo.

–¿Ves a tu hermana, Geronimo? ¿La ves? –Luego dijo conmovido–: ¡Ella sí es una roedora hecha y derecha (no como mis otros nietos)! –Y continuó–: ¿Dónde has estado todo este tiempo, querida nieta?

¿Eh? Díselo, díselo a tu abuelo que tanto te quiere.

pavoneó pavoneó pavoneó pavoneó

Ella se dio importancia:

–Acabo de llegar de la **PLAYA**, de las Islas del Sur... ¡parece que

Acabo de llegar de la playa

este año se pondrán de moda los colores llamativos para los trajes de baño! **NARANJA, ROJO, VERDE FOSFORESCENTE...**

El abuelo asintió, con lágrimas en los ojos.

–Tú sí tienes talento (no como mis otros nietos).

Yo me ACLARÉ la voz.

–Ejem –me aventuré **tímidamente**–, a mí también me habría gustado ir a las Islas del Sur...

El abuelo me miró con severidad y **agitó** el

dedo en el aire de derecha a izquierda, y luego de izquierda a derecha.

–¡**No**, *no* y *no*! ¡Y, además, *no*, *no* y *no*! A las Islas del Sur es justo que vaya Tea, que tiene sensibilidad para la moda, mientras que tú (disculpa que te lo diga) ¡eres un anticuado, una momia!

El abuelo sacudió la cabeza.

–¡Pobre Tea, pobrecita! Se sacrifica por la editorial y está dispuesta incluso a Viajar (en primera clase, por supuesto: ¡sólo lo mejor para mi nieta!).

Ah, Teíta, tú sí honras a tu familia (no como mis otros nietos).

¡Tea está dispuesta incluso a viaj

¡YA LLEGÓ PINA!

En aquel instante sonó el teléfono.

Presioné el **BOTÓN** del altavoz, y una vocecita penetrante nos perforó el tímpano.

—¡Bueeenoo! ¡Bueeenooooooo!

—gritó del otro lado del teléfono una voz femenina.

La reconocí al instante.

Era **Pina Ratonel**, el ama de llaves del abuelo.

—¡¡¡*Señorito* Geronimo, por favor, pregúntele al *Señor* Torcuato qué va a querer para cenar!!!

El abuelo refunfuñó:

—Prepáreme, sí, eso, mmm, un fondue de gruyére.

–¡Tsk, tsk, tsk! –lo contradijo ella–. ¡El queso derretido le hace daño, *Señor* Torcuato! ¡Usted tiene que ponerse a dieta! Por cierto –continuó severa–, ¿se puso la ropa interior de lana? ¿Eh? ¿Se la puso?

Él protestó:

–¡Estoy trabajando, estoy ocupado!

Ella rió, sarcástica:

–¡Ah, por mí no se la ponga! Si se resfría o llega a padecer una enfermedad GRAVE...

quizá GRAVÍSIMA...

puede incluso que MORTAL...

¡no me venga después con que quiere que lo CUIDE! Ya no es un niño, ¿sabe? A propósito, le estoy arreglando las maletas, hasta ahora le habré preparado al menos unas cincuenta, metí todo aquello que le será útil para el viaje. No conseguía meter su escritorio, ¿sabe?, es un poco ancho, sobre todo el cajón central, pero lo hice pedacitos empezando por las patas...

–**¿Quéééé?** –rugió el abuelo–. ¿Hizo pedazos mi escritorio? ¿El escritorio antiguo? ¿El del siglo XVIII? ¿El de las patas rococó y los cajones de marfil labrado?

–¡SÍÍÍÍÍÍÍÍÍÍÍÍÍÍÍÍÍÍ!

–confirmó Pina, orgullosa–. También metí en sus maletas su sillón preferido, un trozo aquí, un trozo allá. ¡Pero ya terminé! ¡Partiremos muy pronto! ¡Estaré lista en un minuto!

Un timbre de alarma **ME RESONÓ** en el cerebro. ¿El abuelo se iba de viaje? ¿Adónde iba? ¿Y por qué? El abuelo prosiguió y se dirigió a mí.

–¡Entonces, Geronimo, ya es hora de que tú también hagas las maletas! No querrás esperar hasta el último minuto como siempre, ¿no?

–Pero ¿qué tengo yo que ver con las maletas de ustedes? –repliqué enojado–. **¡Yo no tengo que salir de viaje!**

El abuelo me miró y dijo:

–Ah, ¿no te lo habíamos dicho?

Tea me miró y dijo:

–Ah, ¿no te lo habíamos dicho?

En ese preciso momento entró mi primo Trampita cargando una enorme mochila y exclamó:

–Ah, ¿no te lo habíamos dicho?

La puerta se abrió de golpe y entró Pina cargando un baúl con ruedas.

–Ah, ¿no se lo habían dicho?

Yo me mordí la cola de rabia.

–¿Qué tenían que decirme? ¿Qué es lo que no me habían dicho?

Entró Benjamín, mi sobrino preferido; corrió hacia mí y me *abrazó* con fuerza.

–¡Tío! ¡Tío Geronimo! ¡Soy tan *feliz*! Me dijeron que vendrás con nosotros a

Ratikistán!

Entró Benjamín, mi sobrino preferido...

¿POR QUÉ NADIE ME AVISÓ?

Estaba completamente asombrado.

—¿Qué? ¿Qué? ¿Qué?

¿Nos vamos a Ratikistán? ¿Por qué nadie me avisó?

Se hizo un silencio absoluto.

Mis parientes sabían que eran culpables, ¡por supuesto que lo sabían!

Rápidamente, Tea le quitó el envoltorio a un chicloso de parmesano, me lo metió en la boca (¡para que me callara, supongo!) y me susurró con voz DULCE:

—Ahí tienes una golosina para que te ENDULCES un poco. ¿Sabías que eres medio delicadito?

–¡No quiero dulcecitos, sólo quiero que se me avise! –intenté protestar con la boca llena.

Trampita dibujó una **SONRISA PÍCARA**.

–Vamos, primote, te lo estamos diciendo, ¿no? *JE, JE, JEEE* –rió mirando el reloj–. ¡Dispones exactamente de diecisiete minutos y medio para hacer las maletas, conectar la alarma, cerrarle al gas, descongelar el refrigerador y partir con nosotros! –Luego me dio una palmadita en la mejilla que hizo que se me atragantara el dulce.

–*¡Cof, cofff, aaaaagh!* –tosí con riesgo de asfixiarme y poniendo los ojos **BIZCOS**.

El abuelo cortó la discusión:

–¡Nieto, eres un *paranoico*! ¡Nunca te hemos ocultado nada! ¡Vamos, vamos, no hay tiempo que perder (el tiempo es **ORO**), cierra las maletas!

–¿Qué maletas? ¿Eh? ¿Cómo voy a cerrar las maletas si aún no las arreglé? –protesté exasperado.

–¡Bueno, está bien, si no tienes maleta, vente sin maleta! –concluyó él, magnánimo.

Después se volvió hacia los otros y dijo:

–¡Adelante, nietos, llamen un **TAXI**!

Yo **pataleé** de rabia.

–¡Me niego a partir! **¡Me nie-go!**

¡ME NIEGO!
¡ME NIEGO!
¡ME NIEGO!

El abuelo pareció reflexionar; luego, con un gesto dramático, señaló la puerta.

—¡Fuera de aquí todos! ¡Déjenme solo con él, con mi nieto!

Acto seguido me tomó por el brazo, como si no pudiera caminar solo, y cojeando (pero ¿desde cuándo cojeaba?) me preguntó con una vocecita débil:

—Nieto, ¿te molesta si me siento? ¿Te digo algo?, ya no soy el que era. ¡Es la edad! ¡Dichoso tú que aún eres joven!

—Ejem, claro, abuelo, ¿Te sientes bien?

—Más que sentarme, querría *acostarme*. ¡Aaaaah, la edad! ¡Qué feo es envejecer! No me siento nada bien... ¡Me duele aquí, en el corazón! —E hizo un gesto llevándose la mano al bolsillo del saco.

—¡Pero abuelo, ahí está la billetera! —dije yo.

—Bueno, el corazón, la billetera, lo uno equivale a lo otro, en suma... —refunfuñó él, y añadió triste—: Me duele ver que nuestra

familia no está unida, que hay enfrenta-
mientos, que **tú** no quieres viajar con
nosotros, eso es...

Y **suspiró**, con los ojos brillantes.

Luego, con la pata temblorosa se secó una lá-
grima que le había caído sobre el hocico.

Yo no sabía qué decir.

No quería salir de viaje pero...

—¡Dime que vendrás con nosotros, nieto!
¡Dime que sí! —me imploró apretándome la
pata.

—Ejem, abuelo, bueno, yo...

—¡Dime que sí, nieto, dime que sí! —insistió
él, sollozando y respirando ruidosamente:
¡Hazlo por mí, que te he dado

TANTO

sin pedirte nunca nada a cambio!

–Abuelo, yo..., bueno..., de acuerdo... –murmuré derrotado.

En ese momento ocurrió lo impensable, prácticamente un milagro.

Como si de repente hubiese rejuvenecido treinta años, el abuelo dio un brinco y se puso de pie exclamando:

–Entonces nos vamos. ¡Nos vamos! ¡Y rápido! ¡Un **TAXI**!

Y abrió la puerta de golpe.

El resto de los parientes (¡¡¡que evidentemente habían estado escuchando tras la puerta!!!) rodaron por el suelo, los unos sobre los otros.

–¡Abuelo, abuelo! –lo llamé, pero él ya salía corriendo de la oficina gritando:

–¡Nos vamos, bola de inútiles!

¡bola de inútiles!

LA SÚPER
CASA RODANTE
DEL ABUELO

Yo me di cuenta de que me habían visto la cara.

¡Por mil quesos de bola, había caído en la trampa como un bobo!

Estaba de un humor de gatos. Quien me conoce lo sabe:

¡ODIO VIAJAR!

El abuelo, por el contrario, estaba exultante, como en cada viaje.

–¡Ah, yo nací para ser explorador! ¡Viajar es fantástico!

Y le guiñaba un OJO a Tea.

–Tú eres como yo: sólo tú me entiendes, queridísima (no como mis otros nietos).

Suspiré. ¡Eso era una gran verdad!

El abuelo, como Tea, era un maniático de los viajes: cuando, como decía él, le pegaba el **capricho**, subía a bordo de su casa rodante de color queso y salía como de rayo.

¡Nos vamos!

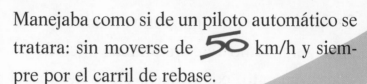

Manejaba como si de un piloto automático se tratara: sin moverse de **50** km/h y siempre por el carril de rebase.

Los otros conductores podían tocar el claxon, echarle las luces o insultarlo, pero el abuelo ni siquiera se apartaba un centímetro. De vez en cuando, Pina lo AMONESTABA.

–¡Vaya despacio, *Señor* Torcuato, si no quiere que se ROMPAN los vasos de cristal! Ahora les voy a describir la *lujosísima* casa rodante del abuelo.

Desde la PLACA posterior hasta la frontal mide 24 metros y 86 centímetros.

La casa rodante está pintada de un intenso, color queso. La cabina del conductor está equipada con un sistema de **NAVEGACIÓN POR SATÉLITE** para poder orientarse desde cualquier punto del mundo.

El comedor está decorado al estilo *Imperio*, con unos cuadros antiguos de marcos dorados. Allí, al abuelo le gusta cenar a la luz de las velas con platos de porcelana finísima, vasos de *cristal* refinado, portavasos de terciopelo y cubertería de plata.

La habitación del abuelo es inmensa: en el centro, una cama gigantesca con dosel de madera de cedro

y con cortinas de seda;
el dormitorio tiene en-
trada directa a un baño
de mármol (donde hay
una bañera de hidro-
masaje en forma de re-
banada de queso y tam-
bién un sauna).

Cuenta con un exquisito estudio-biblioteca tapizado de **libros antiguos** donde el abuelo escribe sus memorias desde hace años, con una habitación de invitados y un portaequipajes.

Ah, me olvidaba: también hay una inmensa cocina, el reino de Pina (que sigue al abuelo en todos sus viajes).

No le falta nada: desde el horno de piedra para cocer el pan...

hasta el súper REFRIGERADOR gigante

COMPUTARIZADO que avisa cuando se acaban las provisiones. El sueño secreto de Pina es abrir un restaurante. Incluso ha elegido el nombre: El Espagueti de Oro. Quizá, un día... No crean, sin embargo, que se limita a cocinar. Pina sabe hacer de todo: por ejemplo, poner INYECCIONES con palmadita (para distraer al paciente antes de picarlo con la aguja), pero sabe también reparar un carburador

con habilidad. Va de un lado a otro siempre armada con un rodillo de plata telescópico (es decir, alargable), regalo del abuelo, con sus iniciales grabadas. Pina utiliza el rodillo para hacer pizzas de queso, pero también como arma de defensa, y nunca se separa de él: de noche lo guarda bajo la almohada, siempre al alcance de la pata. Pina aconseja a mi abuelo acerca de todo: desde cómo vestirse hasta cuándo invertir en la Bolsa. Pina es la única que consigue hacer entrar en razón al abuelo Torcuato.

Pina Ratonel

UNA BRÚJULA
EN LA CABEZA

Partimos. Desgraciadamente, al cabo de menos de un día de viaje, Trampita y Benjamín tuvieron que volver a casa porque enfermaron de PAPERAS.

El viaje prosiguió. El abuelo manejaba, Pina cocinaba, mi hermana fotografiaba el paisaje y yo controlaba el mapa para indicarle la ruta al abuelo.

Él, sin embargo (como siempre solía hacer), no me hacía caso: debía hacer (como siempre solía hacer) lo que creía conveniente, así que (como siempre solía hacer) se equivocaba de carretera.

He aquí un típico ejemplo de diálogo entre mi abuelo y yo:

–*¡Abuelo, tienes que dar vuelta a la izquierda en el próximo cruce!*

–*¡Nieto, ni en sueños! ¡Qué izquierda ni qué izquierda! ¡Hay que dar vuelta a la derecha! ¡Mi intuición me lo dice!*

–*Abuelo, pero el mapa..., la brújula...*

–*Nieto, te pierdes siempre en detalles. ¡Toma nota, yo tengo una brújula aquí, en la cabeza! Ahora, pórtate bien y déjame manejar en paz.*

Cuando el abuelo hacía eso, **SOLÍAMOS** perdernos.

Y esta vez también nos perdimos.

Viajamos durante horas y horas por una carretera solitaria en medio de campos abandonados sin ninguna señal de tráfico a la vista.

Ruta correcta a Ratikistán

Cuando cayó la noche nos encontramos en **MEDIO** de un bosque impenetrable.

Intenté utilizar el complicado, modernísimo y sofisticado **SISTEMA DE SATÉLITE**, pero ¡descubrí que faltaba el manual de instrucciones!

El abuelo se detuvo a la orilla de la carretera y dijo:

–Ahora quiero descansar. ¿Quién maneja?

Se hizo el silencio. ¡El abuelo **NUNCA** le prestaba su casa rodante a nadie!

El abuelo insistió:

–Vamos, ¿quién quiere manejar?

Silencio. Nadie osaba abrir la boca.

Entonces **GRITÓ**:

–¿Por qué nadie quiere manejar? Confiésenlo, no saben por dónde ir, ¿eh? ¡Tienen que aprender a arreglárselas solos en la vida, queridos! ¡Demasiado cómodo encontrarse siempre la comida en la mesa! ¡Que todo esto les sirva de lección!

¡HAZ ALGO, GERONIMO!

Tea exclamó:

–¡Haz algo, Geronimo! ¡Sal, por ejemplo! ¡Busca a alguien!

Yo palidecí.

–¿Qué? ¿Qué? ¿Qué? ¿Por qué yo?

Mi hermana refunfuñó:

–¡Porque yo soy una *señora*! ¡Compórtate como un caballero, aunque sea una vez!

–Pero, discúlpame, ¿no dices siempre que los ratoncitos y las ratoncitas son iguales? –repliqué enojado.

En ese momento Pina me pidió disimuladamente:

–*Señorito* Geronimo, por favor, ¿podría salir un momento a ver si llueve?

Yo saqué una pata, aguzando la VISTA
para ver en la oscuridad: en aquel momento...

... la puerta se cerró tras de mí.

Y la llave dio una vuelta en la cerradura.

Escuché que Pina se reía satisfecha:

–Señorito Geronimo, ¿ve cómo fue muy fá-
cil? Diga la verdad, ni cuenta se dio.

–Pe-pero... –balbuceé– ¿me van a dejar fuera?

¿De noche? ¿En un bosque desconocido?

¿En la oscuridad? ¡No es justo!

Intenté protestar con dignidad, pero en seguida me di cuenta de que estaba hablando
solo.

Aquellas dos se habían ido a la parte de atrás
de la casa rodante, dejándome allí plantado.

Entonces imploré, olvidándome de mi orgullo:

—¡Abraaaaaaan! ¡Socorrooooo! ¡Me da miedo la oscuridad!

¡Nadie me respondió! ¡¡Nadie!! ¡¡Nadie!! ¡¡Nadie!!

Escuché a mi hermana en el baño, cantando bajo la regadera...

Pina, por el contrario, estaba ya en la cocina, agitando el rodillo como una loca.

¿Tal vez estaba haciendo lasaña con triple crema?

¿O una pizza de queso?

Suspiré. Nunca probaría esos manjares. ¡No regresaría vivo!

¿Por qué, por qué, por qué me había dejado arrastrar a aquella loca aventura?

Con tristeza, me adentré en el bosque.

¡Era una injusticia!

¡Una gran injusticia!

Lo sabía bien: a mi hermana Tea, cuando le

¿Estaba haciendo lasaña con triple crema?

interesa, le gusta desempeñar el papel de la ratoncita débil e indefensa.

Sin embargo, mi hermana Tea...

1. ¡Se lanza en paracaídas!

2. ¡Maneja una moto más grande que ella!

3. ¡Es cinta negra de karate!

4. ¡Tiene el título de piloto!

5. ¡Organiza cursos de supervivencia!

6. ¡Recorre el mundo a lo ancho y a lo largo (como enviada especial de El Eco del Roedor) y afronta cualquier peligro sin pestañear!

¡En resumen, mi hermana Tea Stilton no le tiene miedo *a nada ni a* nadie!

Suspiré . Ella no tiene miedo, pero yo sí...

Miré a mi alrededor, **estremeciéndome**.

El bosque era **negro** como la tinta. Por suerte, recordé que mi llavero tenía una pequeña linterna: con su débil luz iluminé el sendero y me adentré en el bosque. Oía extraños crujidos, como si alguien me siguiera de cerca, pisando las hojas secas. Ejem, ¿ustedes le tienen miedo a la oscuridad? ¡Yo sí!

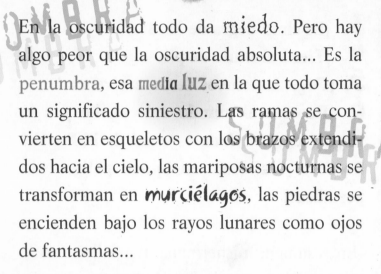

En la oscuridad todo da miedo. Pero hay algo peor que la oscuridad absoluta... Es la penumbra, esa media luz en la que todo toma un significado siniestro. Las ramas se convierten en esqueletos con los brazos extendidos hacia el cielo, las mariposas nocturnas se transforman en murciélagos, las piedras se encienden bajo los rayos lunares como ojos de fantasmas...

Vi una sombra detrás de mí y grité:

¡Aaaahhhh! Aaaahhh!

¡Aaaahhh!

¿Quién me estaba siguiendo?

Salí de allí como de rayo.

Después lo entendí todo: ¡era *mi propia* sombra!

¡STILTON
EN PERSONA!

¡Hubiera querido volver a la casa rodante pero no tenía la menor idea de dónde estaba! Entonces salí a toda prisa siguiendo el sendero: ¡esperaba que me condujera a algún sitio!

CORRÍ, CORRÍ, CORRÍ... hasta que tropecé con una raíz y acabé cayéndome sobre un montón de hojas, aterrizando de hocico en el suelo.

Levanté la cabeza.

Divisé la figura de un roedor.

–¿Abuelo? –exclamé.

–*¿Abuelo?* –farfulló el otro, y me deslumbró los ojos con una luz cegadora.

Yo me levanté esperanzado, sacudiéndome las hojas del cuerpo.

–Abuelo, ¿viniste a buscarme?

El otro sacudió la cabeza, perplejo.

Sólo entonces me di cuenta de que se trataba de un **DESCONOCIDO**.

Era un roedor bastante peludo, con grandes orejas cuadradas, hocico cuadrado, espalda cuadrada, ¡hasta la cola parecía cuadrada! Exclamó desconfiado:

–¿Quién eres? ¿Qué quieres?

–Llegué a este bosque a bordo de una casa rodante, salí a buscar información, pero me perdí... Mi nombre es Stilton, Geronimo Stilton –le expliqué yo.

El otro preguntó incrédulo:

–¿Stilton?

Yo confirmé:

–¡Sí, *Geronimo Stilton*!

El otro **exclamó** emocionado:

–¡Stilton en persona!

¿El famoso escritor? ¡He leído todos sus libros! Mi preferido es *La sonrisa de Mona Ratisa*.

¡Ah, qué **novela policiaca** tan apasionante! Ejem, yo me llamo Avestruzo Plumón. ¿Puedo pedirle un **autógrafo** con dedicatoria PERSONALIZADA?

Lo admito, soy un roedor vanidoso, ¡adoro ser **mimado** por mis admiradores!

Y me halaga descubrir que mis libros son famosos incluso allí, en aquel lugar perdido...

Así, improvisé un autógrafo en una hoja mientras él profería agradecimientos.

A Avestruzo Plumón
Geronimo Stilton

LASAÑA DE QUESO

Entonces pregunté:

–¿Podría decirme hacia dónde queda Ratikistán?

Avestruzo se sorprendió.

–¿Ratikistán? ¡Está lejísimos de aquí! Esto es el Bosque de los Fósiles: ¡va usted en dirección OPUESTA!

–¡Por mil quesos de bola! ¡Le dije al abuelo que se equivocaba de dirección! Pero él nunca me escucha... –exclamé exasperado.

Avestruzo me dio una palmada en la espalda.

–Ánimo, vayamos cosa por cosa. Antes que nada le explicaré cómo regresar a la casa rodante. Después, cómo llegar a Ratikistán. Veamos...

Tardó media hora en explicarme el recorri-
do. ¡Híjole!... ¡A ver si conseguía acordarme
de todo! Después me estrechó la pata.

–Ha sido un honor conocerlo, señor Stilton.
¡Que tenga un buen viaje!

Yo me despedí y me encaminé por el
sendero.

"Veamos... veamos... vamos a ver...

debo tomar el **sendero** de la izquierda (¿o el de la derecha?) después del gran
encino... seguirlo durante diez minutos
hasta el haya de la rama torcida; luego
tengo que girar a la derecha **2** (¿o quizá
3?) veces, atravesar el arroyo, tomar el
sendero hacia la **montaña,** no, más bien
hacia el valle, y después dirigirme hacia el
peñasco en forma de **cabeza de
gato**; luego tengo que atravesar el
puente y pasar el viejo pino abatido por un
rayo; después debo ir primero a la derecha
y después a la izquierda y proseguir recto...

O **quizá** primero recto, después a la derecha y luego a la izquierda, no, más bien a la izquierda, a la derecha y después recto... ¡Por mil quesos de bola! Pero ¿por qué no lo anoté?"

¡Vagué por el bosque durante casi una hora antes de darme cuenta con **HORROR** de que me había perdido otra vez!

–¡*Por el bigote rizado del pérfido Gato Mimado!* ¿Y ahora qué hago? –exclamé desesperado en la oscuridad. ¿Por qué, por qué, por qué me había dejado arrastrar a aquella loca aventura? Yo soy un ***ratón intelectual***, no un EX-PLORADOR. ¡Quien me conoce sabe que **ODIO** viajar! Me **ESTREMECÍ**

de frío y desesperación. ¿Qué iba a hacer? En aquel instante, sin embargo... levanté el hocico y olisqueé en el aire gélido del bosque. ¡¡¡Sí, aquello oía a lasaña de queso!!! Haciendo acopio de mis últimas fuerzas retomé

lasaña de queso

el sendero siguiendo el rastro de aquel aroma delicioso, y como un espejismo alcancé a ver las luces de la casa rodante.

¡A salvo! ¡Estaba a salv

Estaba ansioso por llegar para explicarle a mi familia mis peripecias. ¡Quién sabe lo *felices* que se pondrían de volver a verme... y lo preocupados que estarían por mi prolongada AUSENCIA! Cuando entré, estaban todos sentados a la mesa.

Tea dijo con indiferencia:

–Ah, eres tú, Geronimo…

–¿Quién? –preguntó el abuelo.

–¡Es Geronimo! –le explicó Tea.

–Ah, ¿qué, había salido? –concluyó él **mordisqueando** un pedacito de pastel de queso.

Mientras me hundía en el sofá murmuré:

–Me había perdido, encontré la casa rodante porque me llegó el aroma de la lasaña de queso...

Pina se puso a presumir:

–¡Ah, mi lasaña! Tiene un perfume inconfundible, ¿verdad?

–Hablando de lasaña –murmuré–, con gusto comería una porción...

–¡Se acabó! –exclamó Pina con aire triunfal–. Estaba tan buena que el *Señor* Torcuato se la tragó toditita... –y mostró la bandeja limpia como un espejo.

–¿¿¿Cómo??? –protesté–. ¿Se comieron también mi ración?

Por qué, por qué, por qué se me ocurriría salir de viaje?

PINA
SIEMPRE TIENE RAZÓN

Le expliqué al abuelo que íbamos en la dirección equivocada. Al alba retomamos el viaje por la carretera principal.

–**¡Yupiiiiii!** –exclamó el abuelo, feliz–. ¡De nuevo en ruta hacia Ratikistán! –Y empezó a canturrear–:

el señor conductor tiene nooooovia, tiene nooooovia, el señor conductor tiene nooooovia, tiene novia el señor conduct

¡OH OH OH OOOH!

Suspiré. ¿Por qué, por qué, por qué se me había ocurrido salir de viaje?

El ✓iaje prosiguió. Nos **dirigiMos**

hacia el norte, siempre más al norte, cruzando valles **gélidos**, llanuras desoladas, ríos impetuosos.

Por la mañana, me enfundé mi tecno-chamarra de piel de gato sintética, me envolví en una bufanda enorme de piel sintética de gato romano atigrado y me bajé hasta los ⊙JOS el gorro térmico de pilas con orejeras; pero, aun así, no era suficiente...

El paisaje estaba cambiando: la *VEGETACIÓN* era cada vez más escasa, las *PLANTAS* parecían entumecerse por el **hielo**. Me fijé en que la luz del sol se iba haciendo cada vez más tenue.

Les íbamos preguntando a los pocos roedores que encontrábamos a lo largo de la carretera y todos hacían el mismo gesto: señalaban el norte.

Por fin, una tarde, divisamos una señal de tránsito que afloraba de entre la niebla. R-A-T-I-K-I-S-T-Á-N...

–¡Ratikistán! ¡Ya llegamos a Ratikistán!–gritó el abuelo, exultante.

Pina ordenó:

–Entonces vayamos al supermercado; tengo que hacer unas compras.

Yo dije:

–Señora Pina, aquí no hay supermercados... ¡Estamos en Ratikistán!

Ella resopló, como diciendo que no lo creía y luego refunfuñó:

–Y entonces, ¿eso que está ahí qué es?

Antes de que pudiera rebatírselo *ya había bajado* de la casa rodante llevando consigo su inseparable bolsa de la compra, y se dirigía a paso decidido hacia una ínfima tienda, *pequeña* y *sucia*, que exponía sobre una banca mugrienta mercancías de aspecto ambiguo. Montones de raíces enmohecidas, tubérculos todavía sucios de tierra, *huevos tan viejos* que estaban completamente cubiertos de telarañas, botellas polvorientas llenas de un líquido nauseabundo, y además unos frascos con la tapa oxidada en los que flotaban trozos de fruta en almíbar de aspecto raquítico. Había grandes canastas tejidas llenas de manzanas medio podridas y con aspecto triste; de las **VASIJAS DE CERÁMICA**, apiladas en el rincón más **oscuro** de la tienda, salía un aroma de coles fermentadas un poco sospechoso. Sobre un mostrador de piedra estaban amontonados unos filetes de pescado salado:

apestaban de modo tan intenso que sentí *que me desmayaba.*

El vendedor nos saludó cordial desde el mostrador.

—*¡Minsk! ¡Bienvenidofff!*

Pina exclamó, decidida:

—A ver. ¡Póngame doscientos gramos de jamón de Ratugo!, que esté bueno, por favor. Luego, tres sobres de queso derretido LISTO PARA SERVIR, del que se mete en el microondas... Y también un frasco de mayonesa marca **Raté**. ¡Chéquele

la fecha de caducidad, ¿eh?, no se quiera pasar de listo, no me vaya a vender cosas viejas!

El ratón del mostrador empezó a decir algo en ratikistano, repitiendo:

–¡¡¡Nix, nix!!!

Pina se encogió de hombros y exclamó:

–¡Ay, ya! Déjese de cuentos chinos! Dígale al dueño que venga, ¡pero ya!

Yo me acerqué y le dije a Pina, condescendiente:

–Ya se lo dije, estamos en Ratikistán, no tienen muchos productos de los que le pide, pero usted...

¡NO QUERÍA CREERME!

Pina le hizo un gesto al fulano, *o sea, al ratón* del mostrador, y repitió:

–¡Vaya a llamar al dueño, rapidito!

El otro desapareció en la parte de atrás de la tienda.

Poco después salió otro roedor más gordo, con un gorro de piel sintética metido hasta las orejas. Este llevaba los productos solicitados por Pina, y los apoyó sobre el mostrador, diciendo:

–*¡Akkiev!*

Yo puse los **OJOS** como búho.

–¿Cómo puede ser posible?

Pina respondió con aire de superioridad:

–Querido *Señorito* Geronimo. Las amas de casa tenemos mucho **OJO** para esto, ¿se da cuenta? Luego de años y años de experiencia en ir de compras, ahora sé siempre adónde ir a comprar... tome nota, *Señorito* Geronimo: **¡Pina siempre tiene razón!**

Pagamos y salimos. Tea fotografiaba el paisaje, el cielo oscuro, los ratikistaníes curiosos a nuestro alrededor, mientras le dictaba a una grabadora portátil:

–El turista que llega a Ratikistán encuentra primero un pueblito. En la plaza central, una pintoresca tienda de alimentación muy bien abastecida de productos típicos...

Regresé a la casa rodante. Seguimos riachuelos cristalinos y gélidos que descendían de los glaciares, cruzamos precarios puentecitos de madera. En la **CARRETERA** encontramos muy pocos habitantes, cargados de costales, que agitaban cordiales las patas saludándonos mientras exclamaban:

–¡Minsk! ¡Minsk!

DÍGAME
LA VERDAD...

Continuamos el viaje en la **OSCURIDAD**.

La carretera se tornó más inclinada: trepamos por una pendiente escarpada que parecía excavada en la ladera rocosa de la montaña.

El **hielo** estaba tan incrustado sobre la carretera como la corteza al queso. Yo tenía **SUDORES FRÍOS** viendo a cada *curva cómo la carretera se volvía* cada vez más **estrecha** y cómo las **ruedas** de la casa rodante se acercaban peligrosamente al precipicio: ¡siento vértigo!

Por fin llegamos a un claro que dominaba los *valles* **circu**ndantes.

El abuelo, satisfecho, *saltó* de la casa

---

rodante e inspiró a pleno pulmón exclamando:
–¡Este sí es aire! Anota ahí, Tea, tú que eres
tan diligente (no como mis otros nietos): es
necesario aconsejar a los turistas que se de-
tengan **AQUÍ** para acampar. ¡El amanecer
debe ser todo un espectáculo!

Mi hermana estaba ya escribiendo en su
computadora portátil los datos para la guía
turística de Ratikistán: kilometrajes, puntos
de abastecimiento, gasolineras a lo largo de la
carretera...

Yo, resignado, *me arrastré*
fuera de la casa rodante.

Después de horas y horas de viaje, me **dolía
el trasero** y sentía la cola entumida.

Di unos pasos para de-
sentumecer las patas,
pero Pina me perfo-
ró los tímpanos con
su silbato:

era la señal que indicaba que la comida estaba lista.

–Órale, muévanse, que se enfría la comida –nos reprochó.

Últimamente, a Pina se le había metido en la cabeza que el abuelo debía adelgazar y que yo, por el contrario, debía engordar.

–Señor Torcuato: para usted, una ACEITUNA y una hOja de lechuga. Para el Señorito Geronimo, en cambio, espagueti a la boloñesa con queso, luego una mega-rración de carne asada con manteca de cerdo y después... un consistente queso gruyére derretido con

cubitos de tocino refrito, ¡y de postre una superración de pay de queso con triple crema, cubierto de **chocolate derretido**, relleno de mermelada concentrada, untado con miel y espolvoreado con coco rallado! Yo **ME ESTREMECÍ**.

–Ejem, no me siento bien del estómago... –intenté protestar.

–¡No se preocupe, yo lo voy a ayudar a componerse del estómago! JA, JA, JAA, se lo atascaré de comida auténtica, ya verá cómo se **fortalece**! ¡Después de probar mis recetas podrá digerir hasta las piedras!

El abuelo, envidioso, MIRÓ DE REOJO mi plato, donde Pina servía cada vez más y más comida.

Luego susurró:

–Nieto, ¿te interesa un intercambio?

Pero Pina lo regañó:

–Señor Torcuato, ya lo escuché, no se haga. Mire, lo hago por su bien. ¡Está **gordo**, debe adelgazar, perder peso! Usted, en cambio, Señorito Geronimo, ¡haga un esfuerzo! ¡Tómeselo en serio!

Abrí la boca para protestar, pero ella aprovechó para meterme a traición entre las mandíbulas una enorme cucharada de manteca.

–¡Dígame la verdad, ni cuenta se dio! –rió contenta.

¡ALGO
ANDA MAL!

Aquella fue una larga, HORRENDA NOCHE poblada de pesadillas. Soñé que me había transformado en un tremendo sándwich gigante con triple ración de queso...

Me desperté sobresaltado:

—¡Socorro!

MIRÉ por la ventana y VI que el cielo estaba OSCURO.

Primero pensé que aún era de noche, luego me di cuenta de que el reloj marcaba las diez de la mañana.

Entonces, alarmado, desperté a mi hermana.

—¡Tea, aún está oscuro! ¡El sol no ha salido...! ¡Algo anda mal!

UNA OSCURA Y ETERNA NOCHE...

Mi hermana consultó un atlas y una enciclopedia en Internet; con la **calculadora,** hizo complicadas operaciones con latitudes y longitudes, suspiró y dijo:

–¡Ahora ya sé el porqué de esta oscuridad! Aquí, en el extremo norte, sólo tienen unas cuantas horas de luz al día. El resto es todo

UNA OSCURA Y ETERNA NOCHE...

Proseguimos nuestro viaje, desconsolados.

¿Qué sentido tiene escribir una guía turística de un lugar en donde nunca brilla el sol?

¿Quién lo visitaría?

Yo me sentía como cucaracha fumigada.

¿Por qué, por qué, por qué se me había ocurrido salir de viaje?

¿Qué hacía yo (que **ODIO** viajar) en aquel lugar olvidado por el resto del mundo, en aquella oscura y eterna noche? Después de **horas** y **horas** de viaje en silencio (ninguno de nosotros se atrevía a abrir la boca, ni siquiera Pina), nos encontramos en medio de un paisaje desolado.

El terreno estaba helado y no había árboles, solo unas cuantas **PLANTAS** aquí y allá. Estábamos muy lejos de cualquier lugar habitado. Y justamente en

aquel momento, nuestra casa rodante se detuvo.

El abuelo arrugó el entrecejo.

–¡Se acabó la gasolina!

Entonces sacó de debajo del asiento un enorme envase vacío y lo **agitó** delante de mi hocico.

–¡No hay problema, nieto! ¡Sólo es cuestión de ir a buscar una gasolinera!

–¿Y quién irá? –pregunté desconfiado.

–¡Yo no, soy demasiado viejo! –refunfuñó el abuelo.

–*¡Yo no, soy una señora!* –rezongó Tea.

–¡Yo no, estoy cocinando! –gritó Pina desde la cocina mientras preparaba una enorme pizza a los 4 quesos.

–Pero ¿por qué siempre me toca a mí?

Pina me abrió la puerta.

–¡Vaya usted, *Señorito* Geronimo! ¡Le guardaré una buena porción de pizza **CALIENTE** para cuando regrese!

Salí de la casa rodante todo compungido.

Empecé a caminar por la orilla de la carretera, pensando en mi casita cálida y acogedora.

¿Qué estaba haciendo yo en aquella tierra inhóspita?

¿Por qué, por qué, por qué había aceptado participar en aquel viaje de locos?

¿... SANTA CLAUS?

En aquel mismo instante escuché un *tintineo de campanitas*. Me di la vuelta y vi a un ratón que conducía un trineo tirado por renos. ME QUEDÉ ATARANTADO.

Durante un segundo me surgió una duda, y farfullé:

–¿S-S-SANTA CLAUS?

Pero al acercarme vi que se trataba de un roedor del lugar guiando su súper Trineo *birreno* propulsado por alimentación vegetal.

–¡Alto! –grité.

Pero no me entendió.

Agité el envase gritando:

–¡Necesito encontrar una gasolinera!

Pero él hizo un gesto como diciendo que no entendía ni papa y prosiguió. Yo corrí detras de él unos metros intentando alcanzarlo; después tuve una idea y levanté el pulgar:

—¡DAME UN RAID! —grité.

Él frenó y, con una sonrisa, preguntó:

—¿Un aventón?

—¡Sí, que me des el raid! —respondí yo, sonriendo a mi vez.

Él me indicó con un gesto que subiese, y

DERRAPANDO

(pero ¿los trineos derrapan?) ¡salió hecho la mocha a una velocidad de vértigo!

HENO
PARA EL RENO

El fulano, *es decir, el ratón* que me había recogido, manejaba el trineo como un **loco**, ¡no precisamente como Santa Claus!

Parecía disfrutar lanzándose por las pendientes más inclinadas gritando exaltado:

—¡Pasooooooooo!!!

Además, platicaba en un ratikistano muy difícil, contándome quién sabe qué. Yo intentaba sonreírle mostrándome cordial, pero me sentía desfallecer cada vez que el trineo se inclina peligrosamente hacia un lado.

Aquel loco, en lugar de concentrarse en el camino, soltaba continuamente las riendas para hacer otras cosas: se sonaba la nariz,

El fulano, es decir, el ratón ¡manejaba el trineo como un loco!

se **RASCABA** los bigotes, se limpiaba una oreja con el meñique, contaba las monedas que tenía en el bolsillo izquierdo, sacaba del bolsillo derecho una pastilla de menta para el aliento, o bien me daba una palmadita en la espalda como si fuéramos bien cuates mientras me contaba algo en ratikistano que debía parecerle muy divertido.

Cada vez que el trineo trastabillaba yo gritaba:

–¡Fíjese en la carretera, es decir, en la nieve, es decir, mire hacia adelante, por favor!

¡CUIDADOOO!

Entonces él se empezaba a reír, como si yo hubiera dicho la cosa más graciosa del mundo. Despavorido, me agarraba con la **FUERZA** de la desesperación a los barandales laterales del trineo para no salir volando.

¿Por qué, por qué, por qué había aceptado participar en aquel viaje de locos?

El trineo proseguía su loca carrera en la oscuridad sin fin, surcando el paisaje cubierto de nieve, que **BRILLABA AZULADA**.

El frío se volvía cada vez más intenso, y la pista de nieve sobre la que viajábamos era cada vez más dura y compacta.

Me di cuenta con **HORROR** de que, por consiguiente, aumentaba la velocidad todavía más.

Ahora el trineo, más que correr parecía volar sobre la nieve, como si fuera una alfombra mágica deslizándose en el aire gélido.

Por fin, como en un espejismo, vi aparecer en el horizonte una lucecita que brillaba tenue en la noche.

¡Era una gasolinera!

El loco que conducía el trineo detuvo los renos con un enfrenón espectacular que levantó una *MONTAÑA* de nieve como de metro y medio de altura.

Después me depositó frente al empleado de la gasolinera.

ME DESLICÉ FUERA del trineo, más muerto que vivo, y me despedí:

–¡Ejem, gracias!

Él hizo un gesto cordial, como diciendo: *¡Fue un placer, amigo!*

Después cargó heno para sus renos.

Mientras estaba llenando el envase, me planteé un problema **ACUCIANTE**:

¿cómo regresaría a la casa rodante?

El empleado de la gasolinera me presentó a un fulano, es decir, *un roedor* que venía en dirección contraria y que le estaba echando gasolina a su moto de nieve.

Antes de seguir pregunté desconfiado:

–Usted maneja despacio, ¿verdad? ¿Es prudente?

El cuate me hizo un gesto como diciendo: *¡no se preocupe, manejo con prudencia, igual que una viejita, nunca he tenido un accidente en veinte años, soy el niño mimado de las aseguradoras!*

Después me dio una palmadita en el hombro y me ofreció un **CASCO**, riéndose en ratikistano de algo muy divertido.

Yo no estaba nada tranquilo, ¡pero no me quedaba de otra más que aceptar! ¿Por qué, por qué, por qué había aceptado participar en aquel viaje de locos?

Con un escalofrío premonitorio me subí en la moto de nieve... y él arrancó como de **RAYO**.

¡SOCORROOO!
NO SÉ MANEJAR
UNA MOTO DE NIEVE...

AGARRADO al manubrio con todas mis fuerzas pensé:

–¡Por mil quesos de bola! ¿Qué más podría sucederme?

¡Pobre de mí, pronto lo iba a descubrir!

Una media hora después, el fulano, *es decir, el ratón,* se volteó hacia mí, me indicó los controles de la moto soltándome un discursito en ratikistano, y me dio una **PALMADA** en la espalda...

...acto seguido apoyó el hocico en el manubrio y ¡se quedó bien dormido!

–**¿QUÉ?** ¿QUÉ? ¿QUÉ? –**grité**–. ¡Yo no sé manejar una moto de nieveee!

Mi grito desesperado se perdió en medio de la noche.

Intenté despertarlo, pero no me atrevía a soltar el manubrio.

De repente, me encontré ante una subida impresionante.

–¡Socorrooo! –grité mientras la moto se elevaba en el aire durante unos segundos que me parecieron interminables.

En el silencio total escuché claramente al

maldito ratikistaní roncar tranquilamente...

Luego, la moto de nieve *cayó al suelo*, resultando milagrosamente **INTACTA**.

No sé cuánto tiempo pasó hasta que el roedor se despertó.

Se *desperezó, bostezó,* luego hizo un gesto como para decir: *¿todo está bien, amigo? ¿Quieres que te releve?*

De repente, apareció una luz frente a nosotros, y una silueta familiar: ¡la casa rodante!

En medio de la oscuridad vi unos destellos de luz:

¡flash! ¡flash! ¡flash!

Era mi hermana Tea, que estaba tomando fotos sin parar.

Yo grité:

—¡¡¡Eeeeeeehhh!!! ¡El freno! ¿Dónde está el freno?

El tipo se rió con malicia.

Luego, sin siquiera intentar frenar, giró violentamente la moto y yo - - - - - *salí disparado* mientras él me lanzaba a su vez el envase donde traía la gasolina. Inmediatamente después se alejó en medio de la oscuridad agitando una pata en señal de despedida.

–*¡Minsk!* –lo escuché exclamar en la lejanía.

Mientras emergía de un montón de nieve fresca, escupiendo cubitos de hielo, mi hermana me tomó una última instantánea declarando satisfecha:

–¡Estas fotos son perfectas para nuestro libro! Imagino ya el texto: «En la foto, el editor en persona manejando una moto de nieve. ¡Miren cómo se divierte!».

Yo ni siquiera tuve fuerzas para abrir la boca.

Me arrastré hasta la casa rodante para **ponerme** ropa SECA, pero nada más entré y Pina me metió en la boca un trozo enorme de pizza ardiendo que me arrancó un grito.

–¿Ya vio, *Señorito* Geronimo, que sí le guardé pizza bien calentita? Está usted contento, ¿no?

¿Por qué, por qué, por qué había aceptado participar en aquel viaje de locos?

PIZZA ARDIENDO

CÓMO SE PESCA EL PEZ *APESTOSO*

Pasamos los días siguientes *vagando* por las extensiones nevadas de Ratikistán, entrevistando con gestos a los habitantes. Por desgracia, tampoco existían **DICCIONARIOS** de ratikistano (no había turistas, ¿quién los habría comprado?). En los días sucesivos, mi hermana me obligó a practicar todos los **DEPORTES** típicos de Ratikistán, porque quería describirlos en la guía. Así, tuve que participar en:

A. **Una batalla de bolas de nieve** (miren bien la foto, ¿verdad que tengo una expresión totalmente idiota?).

B. **Una competición de muñecos de nieve** (a mitad de la prueba se me **CONGELÓ** la cola y tuve que retirarme).

C. **Un curso de supervivencia** (tres equipos de socorro me buscaron afanosamente durante **ocho** horas y media).

D. Una competición de patinaje en el **Gran Lago Helado** (pero la capa de **HIELO** era demasiado delgada, me caí al agua y acabé hibernando en un bloque de **HIELO**).

E. Una prueba que consistía en pescar el **pez Apestoso** (no me voy a poner a explicarles por qué se llama así, intenten imaginárselo).

F. El curso «Cómo se construye un iglú» (le construí una salida demasiado pequeña al **IGLÚ** y me quedé encerrado en él).

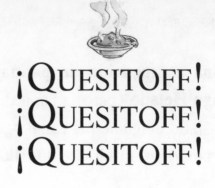

¡QUESITOFF!
¡QUESITOFF!
¡QUESITOFF!

Estábamos todos deprimidos.

–Geronimo, ¿crees que tiene sentido publicar una guía turística de Ratikistán? –me preguntó mi hermana, tecleando de mala gana en su **COMPUTADORA**.

–¡Desgraciadamente, no! –respondí desconsolado–. ¡Ningún turista vendrá nunca a Ratikistán, un lugar a cuarenta grados bajo cero, un lugar donde el sol no brilla nunca, un lugar donde la única diversión es pescar el pez *Apestoso*!

Ella suspiró apagó su **LAPTOP** y miró fijamente al vacío. Tristes, nos preparamos para el regreso.

Abatido, salí un momento para desentumecerme las patas antes de emprender el largo viaje.

¿Quién sabe? Quizás un paseo al aire libre me aclararía las ideas...

ME ENCAMINÉ A LO LARGO DE LA CARRETERA QUE CONDUCÍA A UN PUEBLITO.

Pasé frente a una casa. A través de la ventana vi a una familia ratikistana sentada a la mesa.

Tenían aspecto de estar muy satisfechos. Me fijé en que masticaban con muchas ganas pedacitos de un queso de color amarillo dorado...

En aquel momento la señora de la casa me vio y, con una sonrisa cordial, me hizo un gesto, como invitándome a entrar.

Abrió la puerta, muy amable, y el viento me trajo un delicioso aroma nunca antes olido. Probé un pedacito de aquel queso: ¡ah, era fabuloso!

¡Era delicado como el queso de untar más SUAVE, delicioso como el manchego bien **curado**, refinado como el parmesano más **SABROSO!**

Su *perfume* era indescriptible: ¡parecía una sinfonía de mil aromas unidos!

Le pregunté a la señora de la casa:

—Disculpe, señora, ¿cómo se llama este queso?

Ella se acercó con una bandeja llena de **cuadritos** del delicioso manjar.

—¿APETITOFF? ¿MÁS QUESITOFF?

Quizá me estaba preguntando si aún quería más queso.

Vi a una familia ratikistana sentada a la mesa...

Yo intenté explicarle:

–Ejem, señora, ¡quisiera saber cómo se llama este queso! ¡Me gustaría saber el nombre del queso!

Ella respondió:

–¡QUESITOFF!

Yo no entendía nada.

–¿Qué? ¿Puede repetirlo?

Entonces ella exclamó, resoplando mientras señalaba el queso:

–¡QUESITOFF! ¡Quesitoff!, ¡Quesitoff! ¡Quesitoff! ¡Q-u-e-s-i-t-o-f-f! ¿Entendidofski?

Era un queso cuya fórmula era transmitida por los lugareños de *generación* en *generación*.

Los ratikistaníes habían inventado miles de deliciosas recetas: croquetas de **Quesitoff**, empanadas de **Quesitoff**, lasaña de **Quesitoff**...

Me apresuré a llamar a los otros.

¿CONOCEN EL PENSAMIENTO LATERAL?

Tea se iluminó:

– *¡IDEA!*

Aquella **noche** ni siquiera durmió. Escuché cómo escribía hasta muy **tarde**, golpeando el teclado como loca...

A la mañana siguiente se presentó al desayuno cansada pero satisfecha. Pina le ofreció rápidamente una taza de **café humeante:**

–¡Aquí tiene, *Señorita* Tea!

Ella nos preguntó:

–¿Conocen el *pensamiento lateral*? Consiste en mirar los problemas desde

un punto de VISTA distinto: ¡con tantita *fantasía!*

Acto seguido se dirigió al abuelo:

—Vamos a suponer que nos encontramos delante de un **MURO**. ¿Qué harías tú?

El abuelo sólo pensó durante un segundo, después contestó dando un *puñetazo* sobre la mesa:

—¡Derribaría el **MURO**! ¡No hay otra solución!

Tea meneó la cabeza.

—Hay otra solución: ¡darle la vuelta al **MURO**! En esto consiste el pensamiento lateral: ¡¡¡darle la vuelta a los problemas, descubriendo nuevos sistemas para resolverlos con creatividad!!! Intentemos ahora aplicarle el método del pensamiento lateral a nuestra situación...

darle la vuelta al muro

Problema...

Tenemos que publicar un libro exitoso acerca de Ratikistán, pero no puede ser una guía turística...

Reflexión...

En Ratikistán se produce un queso excepcional, el Quesitoff...

¡Pensamiento lateral!

¡Vamos a publicar un libro de recetas a base de Quesitoff!

YA SE LOS CONTARÉ EN OTRA OCASIÓN...

En el camino de regreso vivimos mil y una aventuras más.

Mientras cruzábamos un bosque, el tronco de un ÁRBOL CAYÓ justo delante de la casa rodante. Nos vimos obligados a CORTARLO en PEDACITOS con una sierra eléctrica para poder proseguir (fue un trabajo largo y fatigoso: ¿adivinan a quién le tocó? Digan un nombre al azar... ¡sí, a mí otra vez!).

Después perdimos una **llaNta** mientras viajá-

bamos a toda velocidad por una pista HELADA y corrimos el riesgo de chocar de frente contra un venado.

Luego nos topamos con una tormenta de nieve que nos mantuvo **bloqueados** tres días. Pina nos mimó preparando deliciosos manjares con Quesitoff, y era *bonito* estar todos juntos y CALIENTITOS en nuestra casa con cuatro llaNtas, haciéndonos compañía...

Nuestras aventuras y desventuras fueron muchas y muy apasionantes, pero se las contaré en otra ocasión, ¡porque estamos ya en la página 109 y el libro se acaba dentro de ocho páginas!

LA VIDA ES UN LARGO VIAJE

Sí, el viaje de regreso fue **largo** y muy pesado. Sin embargo, el abuelo parecía no cansarse nunca: permanecía PEGADO al volante desde el alba hasta la puesta del sol.

Mientras manejaba no hablaba nunca:

–Cuando manejo, manejo y nada más. Nieto, grábate esto: ¡el secreto para tener éxito en la vida es hacer una sola cosa a la vez! Yo le hacía compañía mientras Tea y Pina dormían. Me gustaba el silencio en la cabina del conductor, la sensación de que el mundo se había detenido, y de que sólo existía nuestra casa rodante viajando en la **noche.**

Me gustaba abandonarme a mil pensamientos mientras el motor rodaba tranquilo, como un **GATO** ronroneando.

Me fascinaba mirar la carretera que se abría delante de nosotros, siempre nueva y distinta.

¡Quizá viajar empezaba a gustarme!

Una **noche**, mientras todo a nuestro alrededor era silencio, el abuelo dijo:

–Hace mucho que quería hablar contigo, nieto.

Yo me quedé callado, **SORPRENDIDO**.

El abuelo continuó:

–Ya sé que muchas veces nos peleamos, pero quiero que sepas que te quiero mucho, Geronimo.

Iba a decirle que yo también lo quería mucho, pero me hizo un gesto pidiéndome silencio.

–Nieto, recuerda: no se viaja para llegar, sino por viajar, para sentirse entre una situación y otra, en suspenso... Porque, **MIRA**, Geronimo, la vida es un largo viaje. No importa cuántos problemas dejes atrás. Sólo cuenta la *carretera* que tienes delante, que te desafía a seguir sin desanimarte nunca. Esto, querido nieto, es el sentido de la vida: mirar

siempre hacia adelante, porque frente a ti siempre hay un **camino** que está esperando que tú lo recorras.

Yo escuchaba en silencio.

Me había emocionado: es que soy un cuate, *es decir, un ratón,* ***sentimental***.

MAÑANA
SERÁ OTRO DÍA

Cuando el abuelo acabó su reflexión, me fijé en que en la orilla de la **carretera** había una **señal**. ¡Casi habíamos llegado! El abuelo me dio una palmada en la espalda y me dijo: –¡Ahora maneja tú, nieto! **¡Confío en ti!** Pero ve despacio, mejor dicho, ni lento ni rápido, exactamente a **50 KM** por hora, ¿entendido? ¡Vamos, maneja, antes de que me arrepienta de haberte dejado el **volante!**

Luego me guiñó un **OJO** y me **sonrió.**

Yo también le sonreí. Agarré el volante, metí la marcha y conduje la casa rodante por la carretera a Ratonia.

Bienvenidos a
RATONIA

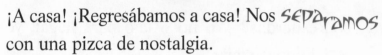

¡A casa! ¡Regresábamos a casa! Nos separamos con una pizca de nostalgia.

No sólo porque me había encariñado con Pina y sus manjares, sino sobre todo porque había entendido que mi abuelo me quería, y siempre me había querido...

En el momento de separarnos me dio una palmada en el hombro y me murmuró al oído:

—Recuerda, Geronimo, ¡no hay mejor modo de conocer a un roedor que viajar con él!

Me bajé frente a mi casa y Tea llamó a un TAXI. El abuelo y Pina se fueron en la casa rodante.

—¿Nos vemos mañana, abuelo? —pregunté.

Él se rió:

—¿Quién sabe? Mañana será otro día, nieto. ¡Otro día!

—¿Qué? ¿Vuelves a viajar, abuelo? Pero ¿adónde irás?

Él me guiñó un ojo.

—No lo sé, mi querido nieto.

»¿Recuerdas? ¡Yo no ✓iajo para llegar, yo ✓iajo por ✓iajar!

Aunque sé que el abuelo no es un ratón *sentimental*, juraría que tenía los ⊙JO⊗ húmedos.

Pina saludó desde la ventana de la cocina **agitando** el superrodillo de plata, y los vi DESAPARECER en la noche.

QUERIDO ABUELO, TE QUIERO MUCHO

Queridos amigos roedores, ¿quieren saber cómo acabó todo? El libro *Recetas secretas de Ratikistán* ha tenido un éxito enorme. ¡Tres millones de ejemplares vendidos! Ayer recibí un e-mail del abuelo:

—¿Ya viste? ¡Te lo dije! ¡**Tres** millones de ejemplares! ¡Tres! ¡T-r-e-s! ¡Y preveo una reedición tras otra!

Ya no digo que odio viajar. De hecho, para **Navidad** quiero regalarle un bonito √iaje a mi familia, así estaremos juntos de nuevo.

Y les doy un consejo: *si tienen un abuelo, permanezcan siempre a su lado, porque cada abuelo es especial, cada abuelo es único...*

ÍNDICE

Geronimo Stilton

Títulos de la serie

Próximos títulos de la serie

Geronimo Stilton

EL ECO DEL ROEDOR
1. Entrada
2. Imprenta (aquí se imprimen los libros y los periódicos)
3. Administración
4. Redacción (aquí trabajan redactores, diseñadores gráficos e ilustradores)
5. Despacho de Geronimo Stilton
6. Helipuerto

Ratonia, la Ciudad de los Ratones

1. Zona industrial de Ratonia
2. Fábricas de queso
3. Aeropuerto
4. Radio y televisión
5. Mercado del Queso
6. Mercado del Pescado
7. Ayuntamiento
8. Castillo de Pipirisnais
9. Las siete colinas de Ratonia
10. Estación de Ferrocarril
11. Centro comercial
12. Cine
13. Gimnasio
14. Sala de conciertos
15. Plaza de la Piedra Cantarina
16. Teatro Fetuchini
17. Gran Hotel
18. Hospital
19. Jardín Botánico
20. Bazar de la Pulga Coja
21. Estacionamiento
22. Museo de Arte Moderno
23. Universidad y Biblioteca
24. «La Gaceta del Ratón»
25. «El Eco del Roedor»
26. Casa de Trampita
27. Barrio de la Moda
28. Restaurante El Queso de Oro
29. Centro de Protección del Mar y del Medio Ambiente
30. Capitanía
31. Estadio
32. Campo de golf
33. Alberca
34. Canchas de tenis
35. Parque de diversiones
36. Casa de Geronimo
37. Barrio de los anticuarios
38. Librería
39. Astilleros
40. Casa de Tea
41. Puerto
42. Faro

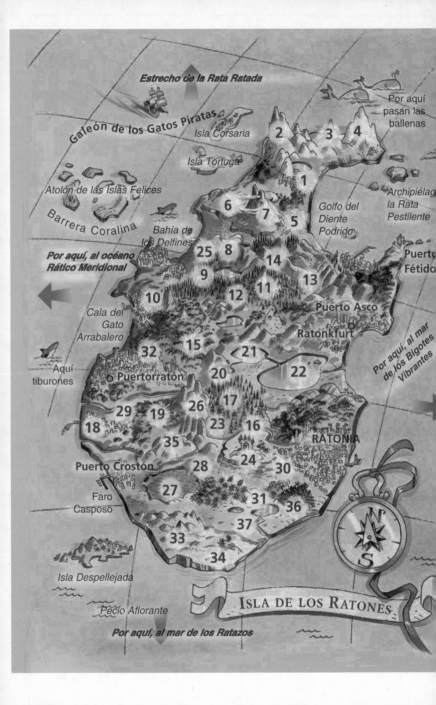

La Isla de los Ratones

1. Gran Lago Helado
2. Pico del Pelaje Helado
3. Pico Tremendoglaciarzote
4. Pico Quetecongelas
5. Ratikistán
6. Transratonia
7. Pico Vampiro
8. Volcán Ratífero
9. Lago Sulfuroso
10. Paso del Gatocansado
11. Pico Apestoso
12. Bosque Oscuro
13. Valle de los Vampiros Vanidosos
14. Pico Escalofrioso
15. Paso de la Línea de Sombra
16. Roca Tacaña
17. Parque Nacional para la Defensa de la Naturaleza
18. Las Ratoneras Marinas
19. Bosque de los Fósiles
20. Lago Lago
21. Lago Lagolago
22. Lago Lagolagolago
23. Roca Tapioca
24. Castillo Miaumiau
25. Valle de las Secuoyas Gigantes
26. Fuente Fundida
27. Ciénagas sulfurosas
28. Géiser
29. Valle de los Ratones
30. Valle de las Ratas
31. Pantano de los Mosquitos
32. Roca Cabrales
33. Desierto del Ráthara
34. Oasis del Camello Baboso
35. Cumbre Cumbrosa
36. Jungla Negra
37. Río Mosquito

Queridos amigos roedores,
hasta el próximo libro.
Otro libro padrísimo,
palabra de Stilton, de...

Geronimo Stilton